LA PETRA Y LA JUANA O EL CASERO PRUDENTE O LA CASA DE TÓCAME-ROQUE

Ramón de la Cruz

PETRA, *maja.*

JUANA, *maja.*

UNA CAPITANA.

UNA VIUDA.

AQUILINA, *criada de la CAPITANA.*

CELIDONIA, *criada de la VIUDA.*

NICANORA, *costurera.*

JORGE, *sastre.*

LA SASTRA, *su mujer.*

EL MORENO, *novio de la PETRA.*

EL CASERO, *amigo de la JUANA.*

UNA VIEJA.

UN ALGUACIL.

UN INVÁLIDO.

UN ALFÉREZ.

UN VALENCIANO.

GERVASIO, *bordador 1.º*

ARMENGOL, *bordador 2.º*

UNA CIEGA.

UN CIEGO.

OTRO VALENCIANO.

UN ABOGADO.

UNA PASIEGA.

MAJOS MÚSICOS.

La escena se supone en Madrid.

El teatro representa el patio de una casa de muchas vecindades. En él habrá una fuente al foro y tres puertas debajo de un corredor, que son de tres vecinos, y a cada lado del tablado habrá otras dos, con sus números, desde 1 hasta, 7. Por un ángulo del patio se verá parte de la escalera que sube al corredor, que será usado, y en él se verán las puertas de otros cuatro vecinos, y sobre el tejado dos buhardillas, a que se asomarán después dos personas.

Las puertas todas estarán cerradas a excepción de la del número 1, a la que estará el MORENO, de majo, sentado y de mal humor. A la del número 7 estarán sentados JORGE y la SASTRA, cosiendo de sastrería y cantando cuando se prevenga. La del número 3 estará entreabierta. La NICANORA y CELIDONIA, lavando a la fuente y cantando las seguidillas siguientes, lo más alto que puedan, según su carácter. De rato en rato se asomará al corredor alguno de los bordadores, que viven al número 11, observando a las que lavan.

(Seguidilla manchega.)

«Vale una seguidilla
de las manchegas
por veinticinco pares
de las boleras.
    Mal fuego queme
la moda que hasta en eso
también se mete».

MORENO   ¡Oh vísperas celebradas
de San Juan y de San Pedro!
Todos cantan tales noches;
sólo suspira Moreno.

(Canta la SASTRA al aire de jota o tirana. Ínterin canta, sale el ALGUACIL, de golilla, y se entra en el número 5.)

SASTRA   «Dijo una niña a su madre,
(Música.)
porque la mandó coser:
menos coser, madre mía,
de todas labores sé.
   ¡Cuántas niñas hay en este mundo
que presumen de todas labores
y con esto escarmientan al bobo,
que se casa con ellas sin dote!
   Ésta sí que es tira-tirana;
(A dúo con el SASTRE.)
ojo alerta, cuidado, señores,
que aunque tengan las caras de plata,
muchas tienen las manos de cobre».

PETRA   ¿Qué haces ahí fuera sentado?
(Sale de número 1.)

MORENO   Lo propio que en pie allá dentro:
rabiar.

PETRA   Pues antes que muerdas,
a saludarte.

MORENO   ¡Qué genio

tienes!

PETRA   *¿Dempués* de dos años
ahora salimos con eso?

MORENO   Repudrido estoy.

PETRA   Pues antes
que apestes, al basurero
de las Vestillas.

MORENO   ¿Te estorbo?

PETRA   Me calientas el asiento,
y hace calor. Ahúpa y marcha.
(Le levanta.)

MORENO   **(Con sosiego.)**
Mira, Petra...

PETRA   **(Resuelta.)**
No cansemos
al auditorio; u orquesta
con todos los *enstrumentos*,
como le dio a la Juanilla
de arriba su macareno
la víspera de San Juan,
o hacer cuenta que se han muerto
las manos y las palabras
que te di de ser mi dueño.
(Vase cerrando la puerta y llevándose la silla.)

MORENO   **(Suspenso y arrimado a la tapia.)**
¡Qué perra es! Y cuanto más
me *enrita*, más la requiero
y me encanija... ¡Ah, fortuna,
cuántos hombres de provecho

has perdido y han perdido
sus gustos y sus aumentos
sólo por la friolera
de que no tienen dinero!...
Adelante.
(Pensando.)

SASTRA **(A media voz.)**
¿Jorge, has visto?...

SASTRE Abundia, canta y callemos.

MORENO Adiós, señores.
(Vase determinado.)

SASTRES Él vaya
con usted, señor Moreno.

(Sale y pasa el INVÁLIDO, con un pollo en la mano, que va a su buhardilla.)

SASTRE **(Canta.)**
«Al amanecer, por seda
envió a su mujer un sastre,
y no la halló del color
hasta las tres de la tarde.
¡Qué dolor era ver a la sastra
por las lonjas, la plaza y las calles
con la muestra buscando una onza,
sin hallar quien la diera un adarme.
(A dúo.)
Esta sí que es tira-tirana
esto sí que son duros afanes,
buscar uno lo que le hace falta

y no hallarlo por bien que lo pague».

MORENO   ¿Petra?
          (Sale.)

PETRA   Perdone por Dios,
          (Dentro.)
          hermano.

MORENO   No me chanceo.

PETRA   Ya lo oigo: ¿qué quieres?
          (Dentro.)

MORENO   Abre,
          y lo sabrás.

PETRA   ¿Qué tenemos?
          (Sale.)

MORENO   Ya tienes música.

PETRA   ¿En forma?

MORENO   Mira, he topado al maestro
          de capilla de los niños
          dotrinos, que tiene un yerno
          que toca la chirimía
          como un clarinete.

PETRA   Bueno.

MORENO   Dice que él traerá un bajón
          y un bajoncillo, lo mesmo
          que un órgano. Que también
          vendrá su vecino el ciego
          con la gaita zamorana,
          el lazarillo y el perro.

PETRA   Anda fuera.

(Dando con el pie.)

MORENO   Y si me da
mi camarada el sargento
de Suizos el tamborón
de la retreta, yo apuesto
a que aturdimos el barrio:
y a que no se da en el reino
otra música como ella
esta noche de San Pedro.
Prevén confites y vino,
para que tome un refresco
la orquesta, y deja a mi cargo
lo demás del lucimiento
de la función. ¡Con qué envidia
oirá la Juana el estruendo!
¿A qué hora vendrán?

PETRA   ¿A qué hora?
Te vas tú a la...

MORENO   Ya.

PETRA   ¿Con ellos?
¡Pencado te vea yo, amén,
y arrancando los cimientos
del Peñón de Gibraltar
con los dientes!

MORENO   Ve diciendo:
(Contoneándose.)
si quieres ver a los tuyos
bailar en tierra el bolero,
antes que venga la orquesta,
que todavía me acuerdo
de que soy hombre...

PETRA   ¿Qué?

MORENO   Hombre;
           aunque no tenga dinero.

PETRA   ¿Sin plata y hombre? Tú solo
           tendrás ese privilegio:
           porque, como el otro dijo,
           las gentes dan el aprecio
           sigún su peso a la plata,
           y al hombre *sigún* sus pesos.

MORENO   ¡Lo que sabes!

PETRA   Más que tú;
           que te metes en empeños
           con mujeres tal cual de honra
           y no sabes salir de ellos.

MORENO   Si el hombre más alto... ¿Qué hombre?
           Si el sol *dende* el quinto cielo
           se atreviera a cortejar
           el menor zapato viejo
           que tú desechas, verías
           el hombre que soy yo. Entremos
           y te diré lo demás.

PETRA   Si ya lo sé: además de eso,
           que está mi madre en *vesita*
           a *vesitar* un enfermo,
           y aunque sabe lo que sabe
           de nuestras cosas. no quiero
           que sospeche mal. *Dempués*
           (Torciendo el hocico.)
           de la música hablaremos
           por la reja, que estaré
           desvelada del estruendo

del tamborón, para darte
las gracias por el obsequio,
y adiós... Hasta nunca.
(Enfadada.)
¡Vaya,
que eres hombre de provecho!
(Cierra la puerta.)

MORENO   Esto se acabó a capazos.
¿Si no hay blanca, qué remedio?

SASTRES   Ji, ji.
(Riéndose.)

MORENO   ¿Se ríen ustedes?

SASTRE   ¡Pues si ésta ha pegado medio
par de calzones en vez
de una manga a este chaleco!

MORENO   ¿Qué, no sabe pegar mangas
la señora?

SASTRES   No, por cierto.

SASTRA   No mientas.

SASTRE   ¡Como soy sastre,
que es verdad!

SASTRA   ¡Ya eres tú bueno!

SASTRE   Aunque sea poco devoto,
bien sabes tú que en los tiempos
que hay más procesiones es
cuando más pendones llevo.

MORENO   ¡Mal arbitrio! Pero no
(Pensativo.)
hay otro.

(Resuelto y se va.)

ALGUACIL ¿Señor Moreno,
  (Sale de majo y le detiene.)
dónde va usted?

MORENO Aquí a un recado.
  (Vase.)

SASTRE **(En tono de chisme.)**
Amigo, va hecho un veneno,
porque la *Pretona* quiere
que la dé música, y creo
que no tiene un cuarto.

ALGUACIL ¡Es lance!

SASTRE Pues usté, a lo que sospecho,
alguno tiene de cuenta,
porque ha venido corriendo
a quitarse el uniforme,
y en un santiamén se ha puesto
de majo.

ALGUACIL ¿Y lo extraña usted?

SASTRE Sí.

ALGUACIL ¡Pues algo será ello!...
  (Hace que se va y vuelve.)
¡Ah! ¿Sabe usted para qué
me envía a llamar el casero?

SASTRE Ni quiera Dios que lo sepa.

ALGUACIL A bien que no está muy lejos.
  (Al irse.)

VIEJA ¡Qué infamia! ¡Yo le aseguro
  (Sale.)

al bribón del carnicero!...

ALGUACIL ¿Qué es eso, tía Celestina?

VIEJA   ¿Cuándo está usté de repeso,
         señor don Trifón?

ALGUACIL Mañana.

VIEJA   ¡Pues no me ha dado el perverso,
         en media libra de carne,
         más de una libra de hueso!

ALGUACIL ¿Y sabe usted cuál ha sido?

VIEJA   Sí, señor.

ALGUACIL Pues yo la ofrezco
         que la pagará: usté acuda
         tempranito y nos veremos.
          (Vase.)

VIEJA   ¡Y cómo que acudiré!

SASTRE   ¿Nos da usté un polvo?

VIEJA   No quiero.

SASTRE   ¡Si se le ha antojado a ésta!...

VIEJA   No importa; que yo me acuerdo
         que fui... ¡ah, tristes memorias!
         antojadiza en extremo;
         y el que pudre, a puro azote,
         me quitó el achaque presto
         y de raíz. Haga usted
         con mi vecina lo mesmo.
          **(Vase muy aguda por hacia el foro a su
          buhardilla.)**

SASTRA   ¡El demonio de la vieja...,

que si la cojo, de un vuelo
la he de echar!...
(Se levanta.)

SASTRE   Mujer, no hagas
fuerza, ni aun de pensamiento;
(Sosegándola.)
que hay pocos sastres y puedes
malograr nuestro heredero.

ALFÉREZ   Dios guarde a ustedes.
(Sale receloso.)

SASTRA   ¿A quién
busca este oficial?

SASTRE   Veremos.

ALFÉREZ   Número diez me parece
que me dijo.
(Reconociendo.)
No le veo.

CELIDONIA ¡Ay! Un oficial. Recoge,
chica, que si le ven nuestros
bordadores, mal estamos.

ALFÉREZ   Perdona el atrevimiento,
(Llega a NICANORA**.)**
niña, y dime.

CELIDONIA No respondas.

ALFÉREZ   El número diez.

NICANORA   No entiendo
de números.

GERVASIO   Nicanora,
(Desde el corredor.)

despacha cuanto más presto
puedas, que tengo que hablarte.

NICANORA Si estamos ya recogiendo...

GERVASIO Que tú te recojas es
lo que importa y yo pretendo.
(Se entra.)

ALFÉREZ ¿El número diez?
(Llega al SASTRE.**)**

SASTRE Arriba.
¿Busca usted a un extremeño
que vende chorizos?

ALFÉREZ No,
señor.

SASTRA Si es el aposento
de Juanita.
(Gritando.)
Doña Juana,
que la buscan a usted.

ALFÉREZ Quedo;
yo acertaré: muchas gracias.
Mucha vecindad tenemos.
(Aparte. Se entra corriendo.)

SASTRE ¿Si traerá éste después la
música del regimiento?

SASTRA Puede ser.

JUANA ¿Quién me llamaba?
(Sale del número 10.)

SASTRE Allá va ya un caballero
oficial.

JUANA Ya sé quién es.
Una prima, donde suelo
verle, le envía sin duda
para ir juntas a paseo.

ALFÉREZ A los pies de usted, señora.
(En el corredor.)

JUANA Pase usté adelante.

ALFÉREZ Vengo...

JUANA Ya sé a lo que viene usted.
Ahora al instante saldremos.

GERVASIO ¿Nicanora?
(Vuelve.)

NICANORA Ya me falta
poquito.

GERVASIO Pues despachemos.
(Se entra.)

**(Sale AQUILINA, criada despilfarrada, con un talego
de ropa sobre la cabeza.)**

AQUILINA ¡Reniego de mi fortuna,
que tan mala es, y reniego
de mi ama! ¿Ha preguntado
si he venido?

SASTRE No por cierto.

AQUILINA Pues que espere o que se muera,
que con el calor y el peso
no puedo más.

(Suelta el talego.)

SASTRE Pues descansa,
hija mía, y hablaremos
en tanto de tu señora.

SASTRA Me han contado que ha supuesto
ser mujer de un capitán;
y como ha ya mes y medio
que ustedes viven arriba,
número nueve, y no vemos
entrar oficial alguno
de tropa... ni un mal sargento
siquiera; y es así maja...

AQUILINA ¡Hay tanto que hablar en eso!

SASTRE Pues cuéntalo, que si llama
los dos te disculparemos.

(Se sienta sobre el talego de la ropa que traía en la cabeza; los SASTRES se la acercan; hablan con interés, y en tanto recogen la ropa las que lavan, cantan la seguidilla que sigue. Un poco antes de acabar se sube la NICANORA y entra en el número 8 del corredor, y la CELIDONIA se detiene un poco junto a su puerta número 3.)

(Seguidilla.)

«El dueño de mi vida,
cuando enamora,
no tiene compañero,

porque lo borda.
    Tiene mi peto
su corazón bordado
y un *ay* en medio».

ARMENGOL Chis. ¿Ha venido tu ama?
        (Desde el corredor, a CELIDONIA**.)**

CELIDONIA Todavía no.

ARMENGOL ¿Y hablaremos
        a la noche?

CELIDONIA Por la reja.

ARMENGOL ¿Es muy ligera de sueño?

CELIDONIA A veces.

ARMENGOL Ya viene allí.
        (Se retiran.)

(Sale la VIUDA **gazmoña.)**

VIUDA   El Señor conserve nuestros
         corazones en su santa
         paz y nos libre de genios
         chismosos, que nos la quieran
         perturbar. Amén. Muy buenos
         días, señores.

SASTRE   Son tardes.

VIUDA   Como es vigilia, y yo creo
         que ayunares no comer,
         y lo acostumbro, no cuento
         las horas. Voy a tomar

tres pares de huevos frescos,
que serán mi colación
y comida al mismo tiempo.
La paz, repito, mi amada
paz, no se aparte del seno
de nuestro corazón.

SASTRE   Dios
se la dé en abundamiento,
señora doña Cleofé,

VIUDA   Amén... ¿Pero qué estoy viendo?
¿No eres tú la criadilla
de la capitana? ¡Bueno!
¡Tu ama te estará esperando,
y tú con tanto sosiego
en conversación! ¿Vecina?
(Gritando.)

AQUILINA Calle usted, por Dios.

VIUDA   No quiero.
¿Mi sa doña Sinforiana?
(Gritando.)

CAPITANA ¿Qué sucede?
(Sale del número 9.)

VIUDA   Que al momento
despida usté a su criada,
o la prive el chismoteo
con los sastres.

SASTRE   Poco a poco
con los sastres.

AQUILINA Si yo vengo
del río...

CAPITANA   Desvergonzada,
           sube la ropa.

AQUILINA   ¡Y que luego
           me casque usted!

CAPITANA   Subelá.

AQUILINA   Por usted...
           (A la VIUDA.**)**

VIUDA   ¿Qué estás diciendo,
           muchacha? ¡Pues soy yo amiga
           de andar en chismes y cuentos!

CAPITANA   Si bajo te he de matar.

VIUDA   La paz de Dios... ¡Jesús, esto
           no es para mí!... Celidonia,
           abre, que me bamboleo.

(Abre CELEDONIA **y se entra en el número 3.)**

AQUILINA   ¡La gazmoña!

CAPITANA   Una estaca
           te he de romper en el cuerpo.

SASTRE   Ya verá usted lo que se hace;
           y basta que esté por medio
           mi persona.

CAPITANA   ¡Puf! ¿Un sastre
           podía quitarme el derecho
           de reñir a mi familia?

SASTRE   ¡Qué familia! Un arrapiezo

de criada.

AQUILINA Dice bien:
pues yo soy su cocinero,
lavandera, costurera,
su modista, yo la peino,
yo la pinto y si se ofrece
alguna vez papeleo.

SASTRE ¿También eres secretaria?

AQUILINA ¡Mucho! ¡Ya me echará menos!

CAPITANA ¿Yo a ti?

AQUILINA ¿Lo quieren ustedes
ver? Pues la ropa me llevo
en prendas de mi salario;
y si no me echa un empeño,
ha de tener ocho días
más la camisa en el cuerpo.
(Vase.)

CAPITANA Tío Jorge, sígala usted.

SASTRE Voy a ponerme al momento
(Despacio.)
decente. Sácame medias,
mujer...

(Sale JUANA, de basquiña y mantilla, con el ALFÉREZ.**)**

JUANA Oiga usté un secreto,
señor Jorge.

CAPITANA   Está ocupado.

JUANA   Soy su parroquiana y creo
me atenderá.

SASTRE   Sí, señora.

CAPITANA   Yo le tenía primero
empleado.

JUANA   Si usted calla,
le despacharé más presto.
¿Sabe usté si a doña Petra
la da música el Moreno
esta noche, a qué hora es,
y de cuántos *estrumentos*?

SASTRE   Quince había la otra noche
en la de usted.

JUANA   **(Irónicamente.)**
¡Oh, de aquello
hay poco! Pero habrá más
esta noche y no lo quiero
perder, que voy a salir.

SASTRE   No sé.

JUANA   ¿Habrá repartimiento
de esquelas naturalmente?

(Sale PETRA.**)**

PETRA   Cuando convide al entierro
de alguna amiga, usaré
de todo ese cumplimiento.

JUANA   Petra, ¿y quién es esa amiga?

PETRA   Juana, la que me está oyendo.

JUANA   ¿La capitana?

CAPITANA   **(Enfadada.)**
             Pues calla
             la capitana, callemos;
             porque ésa, si la preguntan,
             suele responder muy recio.

PETRA   La que yo digo, quisiera
             ya ser capitana; pero
             la ha dado una alferecía
             hoy de repente y recelo
             que no llegue ni a *tinienta*.

JUANA   ¿Y tú a qué llegarás?, que eso
             ya es provocación: a mueble
             de otro mueble, tan en cueros
             naturales que no tiene
             la víspera de San Pedro
             para pagar una mala
             bandurria o un par de ciegos.

PETRA   Lo tiene, y lo gastaría,
             si yo tuviera tu genio;
             pero yo no quiero ruidos
             en mi galán, sino afectos.

JUANA   ¡Agua va!

PETRA   Échate de golpe,
             te apararé en un pañuelo,
             para que no se nos quiebre
             o se lastime ese cuerpo
             de alfeñique.

JUANA   Como el tuyo;
hija, no nos engañemos,
que entre las dos no hay dos onzas
de diferencia en el peso.

PETRA   Pero esto es oro macizo.

JUANA   Podías prestarle al Moreno
un trozo de aquella parte
adonde te hiciera menos
falta; tendrías orquesta,
y el barrio, divertimiento.

PETRA   Bien dicen, que cada gallo
canta allá en su gallinero,
y *empingorotao.*

JUANA   Si
no me oyes, verás qué presto
estoy abajo.

ALFÉREZ   Señora...
(Se apartan para bajar.)

JUANA   No se perderá el paseo:
siga usted.

SASTRE   Señora Petra,
métase usted allá adentro.

PETRA   ¿Yo?

SASTRE   Sí, señora; yo como
amigo se lo aconsejo,
no haya lo que haya, y después...

VIUDA   ¿Y qué se mete él en eso?
Cuando la provocan, ¿debe
callar? El toro más lerdo

respinga cuando le clavan
las banderillas de fuego.
Hija, nadie es más amante
de la paz, pero hay extremos
en que la lengua y las manos
deben usar de sus fueros,
que para algo nos dio ésta,
 (Señala a la lengua y manos.)
naturaleza sin hueso,
y estotras con tantas uñas
y tan flexibles de nervios.

PETRA   Quedo enterada.

(Sale JUANA **por el patio terciando la mantilla.)**

JUANA   Aquí estoy.
        ¿Qué la estaba usted diciendo?
         (Al SASTRE.**)**

SASTRE   Que ya que esta noche no haya
        música, que haya silencio.

VIUDA   La dije lo que conviene
        hacer en casos como éstos.
         (Se retira.)

PETRA   ¿Qué pudiera decir doña
        Cleofé que no fuera bueno?

JUANA   Y muy conforme a la paz.

SASTRE   Ya estoy aquí.

PETRA   Ya te veo.

JUANA   ¿Y qué quieres, pierna o lomo?

PETRA   Suelo tirarme al pescuezo
           a veces.

JUANA   Y yo a la falda.

PETRA   ¡Provocativa!

JUANA   Es incierto,
           que yo hablaba con don Jorge.

SASTRE   Ése soy yo.

PETRA   No lo niego.
           ¿Pero qué hablabas?

JUANA   De ti...,
           que nos estás corrompiendo
           con fanfarria y eres una...
           pobre.

PETRA   Podía no serlo:
           que antes que tú te mudaras,
           el sobrino del casero
           me quiso a mí cortejar.

JUANA   ¿Y de eso a mí?...
            (Contenida.)

PETRA   Ya te entiendo.

SASTRE   **(Con bufonada.)**
           Señor alférez, si gusta
           retirarse usted, bien creo
           que le va a decir a Petra
           algo del otro cortejo
           a la Juana.

ALFÉREZ   **(Turbado.)**

Esa señora
de su voluntad es dueña,
y a mí no me importa. Doña
Juanita, allá fuera espero.
(Vase.)

JUANA   Aguarde usted. ¡Vecinillas
   (Al ALFÉREZ. **Poniéndose la mantilla.)**
por fin! La culpa me tengo
yo de vivir, sino en casas
de gentes de fundamento.
(Vase.)

LAS
MUJERES   ¡Cómo vecinillas! Es
una infamia aguantar esto.
Agarrarla.

SASTRE   Cuando vuelva
mejor es cogerla en medio
y echarla a dormir al Prado.

TODAS   ¡Viva, viva el pensamiento!

PETRA   Pues *naide* se niegue.

TODAS   ¡Viva!

(Sale el ABOGADO, **con golilla, muy serio.)**

ABOGADO   Ahí detrás viene el casero
con don Trifón, el ministro,
y una mozuela que han preso.

TODOS   Chis, chis.

(Todos los vecinos que la curiosidad de la camorra sacó a las puertas, al oír al ABOGADO, se encierran; los sastres recogen, de suerte que se queda todo en el mayor silencio, y el ABOGADO, solo y suspenso; y luego va a llamar a la puerta número 6, mirando a todas partes.)